RATUS POCHE

COLLECTION DIRIGÉE PAR JEANINE ET JEAN GUION

Francette top secrète
Mystère à l'école

Francette top secrète

- Mystère à l'école
- Drôle de momie !
- Mission Noël

© Hatier Paris 2007, ISSN 1259 4652, ISBN 978-2-218 -75338-1

Francette top secrète

Mystère à l'école

Une histoire de Catherine Kalengula
illustrée par Isabelle Maroger

Sa mamie

Ses parents

Francette

Les personnages de l'histoire

À Emmy, ma petite Francette.

1

Mon année de CP commence bien. Lili la peste n'est pas dans ma classe, et ma nouvelle maîtresse, madame Kiri, est très gentille. Mais, voilà que… PATATRAS ! Qui s'assoit à côté de moi ? UN GARÇON ! Et bien sûr, mon voisin est le garçon le plus curieux et le plus bavard de l'école : il s'appelle Alix et c'est une vraie radio !

– Dis, Francette, tu sais quoi ? Cet été, le président s'est marié avec ma mémé !

Je le regarde droit dans les yeux :

– Eh bien, moi, mon père est un agent

secret, ma mère est une espionne et ma 1
mamie aussi ! Et devine quoi ? On m'appelle
Francette top secrète !

Mon voisin de table est baba. 2

– Oh, c'est fou !

Mais tout à coup, je me dis que je viens
de faire une grosse bêtise. Je ne dois dire à
personne qui nous sommes.

– Mais non, Alix, c'était pour rire !

Il me regarde d'un air bizarre…

Et pourtant, c'est vrai. Au dîner, avec
mes parents et ma mamie, nous ne parlons
jamais de la pluie ou du beau temps. Nous
discutons vols, missions et enlèvements. 3

Justement, il se passe quelque chose
d'intéressant ce soir.

— Quoi de neuf ? demande maman.

Papa se frotte le menton :

— Ce matin, des voleurs ont pris le plus gros diamant du monde ! Ça s'est passé dans la bijouterie, rue des Framboises. Des passants ont vu les deux voleurs entrer ensuite dans la papeterie juste à 4 côté, mais nous ne les avons pas retrouvés. Ils se sont envolés. Nous avons fouillé partout ! Aucune trace du 5 diamant !

Moi, j'ai mon idée sur ce vol :

— Je suis sûre que c'est encore un coup de la Fouine et Tripette !

La Fouine et Tripette sont deux grands bandits.

Que s'est-il passé juste après le vol ?

Soudain, Mamie sort quelque chose de sa poche :

– Voici une nouvelle invention pour toi, Francette chérie.

Je la regarde, très étonnée :

– Mais… c'est un taille-crayon !

Mamie me fait un clin d'œil :

– Oui, mais ce n'est pas un taille-crayon comme les autres. Écoute…

Quel objet a disparu ?

2

Le lendemain, à l'école, la journée commence par une leçon d'écriture. Madame Kiri a écrit des lettres au tableau et nous devons les recopier. Pendant ce temps, la maîtresse bricole sur son bureau. Tout à coup, elle s'écrie :

– Oh, mais ça alors ! Mon pot de colle a disparu ! Vous ne l'avez pas vu, les enfants ?

Tout le monde se regarde, mais personne ne sait où est sa colle.

– C'est bizarre ! dit-elle. Heureusement,

j'en ai acheté tout un carton. Comme ça, j'en aurai pour toute l'année.

Madame Kiri va chercher un autre pot de colle dans un placard et continue son travail.

Mais, après la récré, ça recommence ! La maîtresse se frappe le front avec la main :

– Mon pot de colle a encore disparu !

Madame Kiri nous regarde :

– Dites-moi, les enfants, qui est le petit voleur ?

Je lève la main et la maîtresse ouvre grand les yeux :

– C'est toi, Francette, qui voles mes pots de colle ?

– Non, maîtresse, mais je sais que ce

n'est pas nous : tous les enfants étaient dans la cour pendant la récré…

Toute la matinée, je pense au vol de pots de colle. Je trouve ça très bizarre…

Je réfléchis. Il faut que je reste seule dans la classe pour faire mon enquête. Le plus simple, c'est de me faire punir.

Je prends un pot de peinture bleue et le renverse sur Alix. Mon voisin se met à crier comme une trompette :

— Maîtresse ! Maîtresse !

Madame Kiri est en colère :

— Bon, Francette, je vais te punir ! Tu resteras en classe pendant la récré.

Ouf, j'ai réussi.

L'heure de la récré a sonné. Je me cache

Qu'a fait Francette en classe ?

sous le bureau de la maîtresse… Tout à coup, j'entends des chuchotements :

– Tu es sûr que tout le monde est sorti ?

– Mais oui !

Par un petit trou, je vois Robert, le jardinier, et Ginette, la dame de service. Robert prend le pot de colle posé sur le bureau :

– Si seulement je savais où elle cache les autres pots ! dit Ginette.

– Nous n'avons pas le temps de fouiller maintenant. Filons ! dit Robert. Nous reviendrons ce soir, après la classe…

Dans l'histoire, où se cache Francette ?

3

Qu'est-ce que Robert et Ginette veulent faire avec la colle de la maîtresse ? Pour le savoir, il faut que je reste dans la classe après l'école. Alors, tout l'après-midi, je suis sage pour ne pas me faire remarquer. Et quand la cloche sonne, je me glisse de nouveau sous le bureau sans faire de bruit pendant que les autres élèves sortent.

Dès que la classe est vide, j'appelle mon papa avec ma calculette-téléphone et je lui raconte tout.

– Papa, viens vite…

Mais Robert et Ginette arrivent déjà. Ils fouillent dans tous les placards en faisant beaucoup de bruit.

– J'ai trouvé le carton ! s'écrie Ginette. Cette miss Kiri a acheté tous les pots de colle de la papeterie, ma parole !

Je comprends tout : ils parlent de la papeterie de la rue des Framboises, bien sûr ! Étonnée, j'en fais tomber ma calculette.

– Qui est là ? demande Robert.

Je dois sortir de ma cachette.

– Vous êtes les voleurs du diamant !

Le jardinier et la dame de service me regardent, l'air méchant :

– Bravo, petite ! Et nous avons caché le diamant dans un pot de colle, pensant le récupérer plus tard. Mais ta maîtresse a ⁷ acheté tous les pots !

Soudain, Robert enlève sa perruque et ⁸ sa casquette. Il a un nez long et pointu : c'est la Fouine ! Ginette enlève aussi sa perruque blonde et sa blouse à fleurs. Ce n'est pas une femme : c'est Tripette, le complice de la Fouine ! J'avais raison… ⁹

J'ai peur. Que va-t-il m'arriver ?

Qui sont en réalité Robert et Ginette ?

4

La Fouine et Tripette tournent en rond dans la salle de classe.

– Nous allons l'emmener avec nous, déclare La Fouine.

Je dois vite trouver une idée :

– Attendez ! Je vais écrire un mot à la maîtresse, sinon elle va me chercher…

Je commence à écrire :

– Oh, zut, j'ai cassé la mine de mon crayon !

Tripette rouspète :

– Dépêche-toi !

Comment Francette réussit-elle à s'enfuir ?

J'ouvre ma trousse pour prendre mon taille-crayon et…

– Atchoum ! Atchoum !

Les deux bandits éternuent et pleurent, tout à la fois. Le taille-crayon cracheur de poivre est redoutable ! Merci, Mamie ! 10

Je prends vite le carton de pots de colle et je m'enfuis à toute vitesse…

Je rencontre Papa en sortant de l'école.

– Ça va, Francette ?

– Mais oui, Papa, tout va très bien ! Regarde, j'ai pris tous les pots de colle !

– Bravo, Francette !

Papa va dans la classe, mais la Fouine et Tripette ont déjà disparu !

Nous rentrons à la maison.

Où était caché le diamant ?

Le lendemain à l'école, je remets le carton à sa place, ni vu, ni connu. Alix ne parle pas aujourd'hui, ce n'est pas normal. Pendant la récré, il me tend un journal :

– Tu as vu ? On a retrouvé le diamant !

Je hausse les épaules :

– Oui, et alors ?

– Il était plein de colle…

Alix me regarde d'un air soupçonneux : [11]

– C'est très bizarre cette histoire de colle… Je suis sûr que tu as fait exprès d'être punie, hier !

– Se faire punir exprès ! Tu racontes vraiment n'importe quoi, la radio !

Vexé, Alix part jouer avec ses copains. [12] Ouf ! Je suis sauvée, pour cette fois…

1

un **agent secret**
Personne dont
le travail doit
rester secret.

une **espionne**
Femme qui
surveille les autres
sans le dire et sans
se montrer.

2

il est **baba**
Alix est très étonné.

3

une **mission**
Travail que l'on
donne à quelqu'un.
Le père de Francette
doit retrouver
le diamant, c'est
sa mission.

4

une **papeterie**
Magasin où l'on
vend tout ce qui
est utile dans
un bureau ou
une école : papier,
stylos, colle…

5

nous avons **fouillé**
Nous avons cherché
partout.

6

des **chuchotements**
Robert et Ginette
parlent tout bas.

7

récupérer
Reprendre quelque
chose qu'on a laissé.

8
une **perruque**
Ce sont de faux
cheveux.

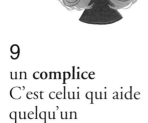

9
un **complice**
C'est celui qui aide
quelqu'un
de malhonnête.

10
redoutable
Très dangereux.

11
soupçonneux
Alix ne croit pas
vraiment Francette.

12
vexé
Alix est fâché.

Les aventures du rat vert

Les aventures de Mamie Ratus

Ralette, drôle de chipie

Les imbattables

Baptiste et Clara

Les enquêtes de Mistouflette

Francette top secrète

Conception graphique couverture : Pouty Design
Conception graphique intérieur : Jean Yves Grall • mise en page : Atelier JMH

Imprimé en France par Pollina, 84500 Luçon - n° L43970
Dépôt légal n° 83690 - août 2007